きみを自由にする言葉

喜多川泰名言集

喜多川 泰 著

Discover
ディスカヴァー

名言集刊行によせて

一冊の本には人生を変える力があります。

そこには自分の人生を支える柱となる言葉や、行動する勇気をくれる言葉、ときには、自分を癒やしてくれたり、あるがままの自分を認めてくれる言葉があるからです。

読書を習慣とする人は、自らの人生において、これ以上ないベストのタイミングで、素晴らしい本と出会い、人生を救ってもらったり、その出会いがあったからこそ今の自分があるという経験を、何度もしていることでしょう。

人生を変える人との出会いは誰もが、大なり小なり経験することですが、それと同じくらい大きな意味を持つ出会いが、本を読む習慣を持つ人たちの日常では、それこそ日々起こっているわけです。

これまでまったく本を読まなかったという人にとっての、読書習慣への入り口になれれば……。

そう思って作品を書き続けてきました。

嬉しいことに、これまで

「喜多川さんの作品から本が好きになりました」

「本なんて読めなかったのに、喜多川さんの作品から読めるようになりました」

といった読者の方からの声を、たくさんいただきました。

今回、ディスカヴァーさんからご提案をいただいて、「より多くの人に読書を身近に思ってもらえる機会になるかも……」ということで、これまでの作品から、読む方にとって、心の柱となるような言葉を集めた「名言集」が出版されることとなりました。

この本で初めて「喜多川泰を知った」という人は、心に響く言葉があったら、実際にその言葉が出てくる「物語」を読んでみて欲しいと思います。どのシーンで、誰がどういった経緯で言った言葉なのかがわかれば、きっとその言葉の深みや重みが違って見えてくることでしょう。おそらく、同じ言葉と出会ったときに、この本で出会うのとは違った印象と、新たな感動があなたのことを包むはずです。そういう経験が、読書人生を始めるきっかけになります。
一方、これまでの喜多川作品を読んだことがある人にとっては、かつて読んだ物語のシーンを思い出して、忘れかけていた大切な何かを思い出すきっかけになるかも知れません。
いずれにしても、この本をきっかけとして、一人でも多くの方が、読書習慣を持つ人としての人生を選択してくれるようになってもらえれば、著者としてこれ以上嬉しいことはありません。

さあ、一冊の本との出会いは、本を読む人としての人生の入り口。その扉を開きましょう。はじまりはじまり……。

平成29年9月
喜多川 泰

目次

賢者の書

お前はひとつの行動をとった。旅に出るというひとつの行動だ。そして、それに対して、今ひとつのピースを受け取った。人生というのはその連続なのだ。

忘れてはならんぞ。人生というのは、単にそれのくり返しでしかない。

（第一の賢者　46P）

わかったものを受け入れる、わからないものは受け入れられないと考えるのではなく、まずは受け入れるのだ。

よいか、もう一度言うぞ。理解しようとせんでもよい。言葉そのものを自分の中に受け入れようとしてみるのだ。

（第一の賢者　46P）

世の中には大いなる力が存在する。

その大いなる力が全宇宙を創り、太陽を創り、地球も、そこに生けるすべてのものも、そして我々人間をも創り出した。

これらはすべて大いなる力によって生み出されたものなのだ。

そして、その力は、お前が人生において達成したいと思っていることを実現できるように、全面的に後押ししてくれる。大いなる力は常にお前の味方なのだ。

（第一の賢者　48P）

その大いなる力がしてくれることはただひとつ。お前が何かしらの行動を起こすたびに、お前の描く夢を完成させるのに必要なパズルのピースをひとつだけくれるのだ。

（第一の賢者　49P）

手にしたピースがたとえ期待していたものと違ったり、今の自分には耐えられそうにもないほど辛いものに思えたとしても、それは人生における失敗ではない。かけがえのないパズルのひとピースを手に入れるという、大事な経験だったのだ。

（第一の賢者の教え「行動」61P）

015

人間は誰でも無限の可能性が、その内側に存在するんだ。不可能を可能にすることができるのも、人間がその内側に大いなる力を持っているからなんだ。そして、人間一人ひとりが持つ大いなる力にも名前がついている。それが『心』なのだよ。

（第二の賢者　68P）

私たちの生活は人間の心から生み出されたものでいっぱいだ。『あったらいいな』と思う心が原点となり、昨日までは存在しなかったものがこの世に創り出される。そのくり返しの結果として、この世の中があるんだ。

（第二の賢者　69P）

世の中にあるものは、稀少であればあるほど価値が高いものだ。世の中にこれひとつしかないと言われるものは、恐ろしいほど珍重され、高い値がつけられる。人間が創り出したものですらそうなのだ。ましてや、この世が誕生してから、これまでにも、そしてこれからも、決して同じものがあろうはずのない一人の人間が、どれほど素晴らしい価値のあるものなのかは計りしれない。

（第三の賢者　81P）

自分を他人よりも価値のないものとして卑下してはいけない。
自分を他人よりも優れているものとして傲慢になってもいけない。
自尊心と他尊心は常に同じ高さでなければならない。

（第三の賢者　85P）

私の生活はすべて、私以外のすべての他人が生み出したもので埋め尽くされている。そのおかげで今日も一日幸せに生きてゆける。

ということは私にとって、彼ら一人ひとりがかけがえのない存在であり、もっと尊敬され、尊重されてしかるべき存在である。

そして自らも同じ人間である。ということは自分も世界中の人々にとってかけがえのない存在になりうるのだ。

（第三の賢者　90P）

いつかは世界中の人の生活の中に、自らの大いなる力と努力によって生み出されたものが、なくてはならないものとして受け入れられるだろう。そうすることができるはずだ。

今の自分の生活が、他人の創り出したもので埋め尽くされ、なくてはならないものになっているように。

（第三の賢者　90P）

本当の賢者と呼ばれる人間はな、いつの世でもこのことを忘れないものだ。
何になるのかというのはさほど重要なことではない。どんな人間になるのかということのほうが、はるかに重要なのだということをな。

（第四の賢者　１０３Ｐ）

大切なのは、何になりたいのかではないのだ。何になろうともかまわんが、どんな人間になりたいのかなのだ。いやもちろん、何になりたいのかを考えること自体は悪いことではない、ただ、それを考えたとしても、どんなそれになりたいのかを考えなければ、幸せを手にすることはできないのだよ。

（第四の賢者の教え「目標」 102P）

人間は自らが努力して創り上げたものの上にしか、安心して立つことはできんものだからな。たとえどんなに素晴らしいものであっても、他人のつくったものの上では落ちつかんものだ。

（第五の賢者　112P）

今日という一日に集中して生きなければならないということがわかったとしたら、大切なのはその過ごし方だ。今日一日をどう生きるかなのだよ。

(第五の賢者　115P)

もし君が今書いている自分の人生という伝記を、素晴らしいものとして完成させたいと考えているのならば、今何を持っているとかいないとか、状況が有利であるとか不利であるとかは、全く関係がない。

君は、君の伝記を読んでいる人間が、君は将来絶対に成功する人間であると確信できるような一日にすればいいだけなのだ。そうすれば残りの人生は成功できるかどうかというものではなく、成功するのはわかっている。あとはそれをどうやって手に入れるのかを見るに等しいものになるのだよ。

（第五の賢者　１２０Ｐ）

『人生における成功を手にするとはどういうことか』という問いに対して、多くの人はこう考えているわ。

『他人があなたを成功したと認めること』だとね。

ところがそれは正しくないわ。それでは成功したことにならないの。

大切なのは、

『自分が成功したと認めること』よ。


（第八の賢者　１６６P）

あなたの言葉を一番聞いているのはあなた自身なの。
そしてあなたは誰の言葉よりも自分自身の言葉に強い影響を受けて
人生をつくっているの。

（第八の賢者　173P）

読書案内①

『賢者の書』


毎日の暮らしと、思うようにいかない仕事に絶望を感じていたアレックスは、ある日、思い出の公園で14歳の少年サイードと出会う。サイードは9人の賢者と出会う旅を続けていて、この公園で最後の賢者と会うことになっているという。

人間は何度だって生まれ変わることができる。

そしてその可能性はすべての人にある。

サイードが9人の賢者から学んだこととは、はたしてなんだったのだろうか？

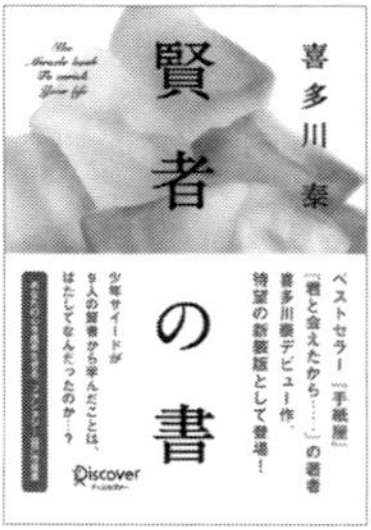

君と会えたから……

030

——決して冷めない狂おしいほどの情熱を持って行動を繰り返せ。

（長い一週間　30P）

人間は未来のことを考えるときに、うまくいったらこうなるということ以外に、うまくいかなかったらどうしよう、それどころか、どうせうまくいくはずがないといったこともいっしょに考えてから、自分のやるべきことを決めてしまう。大きな夢を抱けば抱くほど、そうだ。

そうしてうまくいく確率のほうが低いと決めつけ、夢に向けて行動を続けることを、宝くじと同等の非常に確率の低いものに投資する行為と見なしてしまう。そして結局、夢へ向けての行動をとろうとしない。

（長い一週間　31P）

もし、すべてがうまくいくとしたら、絶対に欲しいものが手に入ると約束されているとしたら、あなたは、何を目標とし、それに向けて何をしますか？　あなたは、知っていますか？　あなたにはそれが約束されていることを。

（長い一週間　31P）

すべてがうまくいくとしたら、絶対に欲しいものが手に入るとしたら、と考えたときに出てくるものこそが、あなたの本当にしたいことであり、必ず達成できるゴールだ。むろん夢を抱くだけでは、どんなに強く思っていても達成などできない。大切なのは行動だ。もちろん、とてつもなく大きな夢を三日で達成するのは難しいだろう。大きな夢なら、それを達成するために必要な時間もまた多くなる。しかし、手に入らないものではない。

（長い一週間　32P）

私たちの未来の夢は、絶対に手に入ると狂おしいほどに信じて、それに向けて情熱を絶やさず行動を繰り返す限り、それがどんなに大きな夢であっても、必ず達成されることが約束されている約束の地であり、それを確率の低いものに変えてしまっているのは、冷静な分析と称して行動をすることもなく、頭の中で繰り返される消極的な発想にほかならない。

（長い一週間　32P）

多くの成功を手に入れるには、多くの人の助けが必要よ。
で、素直な人にはその人を助けてあげたいと思う応援団がたくさんつくものなの。

（夢を実現させる方法を知る　73P）

――欲しいものを手に入れるためにお金を払っているのではない。それに携わった人に、『ありがとう』を届けているのだ。

（経済的成功の真実を知る　89P）

037

――今の自分の中には、
外に漏れるくらい明るい光が煌々と燃えているか。

（魅力溢れる人になる　１０４Ｐ）

038

人生において、将来約束されていることなんて何もないのよ。だからこそ、自分の行動次第でどんなに素晴らしい成功だって手に入れることができるの。

（最後の講義　181P）

なんだってそうだけど、人生におけるはじめの二十年でできなかったからといって、自分にはできないと決めつけてしまうのはあまりにも早すぎるわ。五年後にはなんの苦もなくできるようになっているかもしれないもの。

でも多くの人は、昨日までできなかったことを理由に、自分は一生それができない人間だと決めつけてしまうの。昨日までできなかったという事実が、今日もできないという理由になんかならないのよ。

（できないという先入観を捨てる　125P）

040

飛行機に乗れないからといって目的地に行くこと自体を諦めるな！

（手段を目的にするな　116P）

041

お前はなんでもできるんだ！
自分の望みどおりの人生を生きることができるんだ！

（手記　157P）

読書案内②

『君と会えたから……』


将来に対する漠とした不安を抱えながらも、自分のやりたいことも見つけられず、無気力に過ごしていた平凡な高校生の僕のもとに、ある夏の日、美しい女の子がやってきた。

そして、彼女から、その後の僕の人生を変える教えを聞くことになる。

いつしか彼女に恋心を募らせていた彼の前に次第に明らかになっていく彼女の秘密とは？

手紙屋

あなたの能力は、
今日のあなたの行動によって、開花されるのを待っています。

（目的なき船出　18P）

相手の持っているものの中で自分が欲しいものと、
自分が持っているものの中で相手が欲しがるものとを、
お互いがちょうどいいと思う量で交換している。

（目的なき船出　49P）

あなたの持っているものの中で、
他の人が欲しがるものは
〝お金〟だけなのだろうか？
そんなことはない。
気がついていないだけで、
あなたにはお金だけではなく、
もっと素晴らしいものが、
相手がどうしても欲しいと思うものが、
たくさんあるのだ。

（目的なき船出　51Ｐ）

大丈夫。あなたには、
もっともっと他の人が欲しがる魅力がたくさんある。
それを見つけて、磨いて、出し惜しみしないで
どんどん周囲の人に提供してみよう。
きっと、思ってもみない、さまざまなものが手に入るはず。

（目的なき船出　52P）

「暗い」と言われればそうでもないと思うし、「明るい」と言われれば「暗いときもある」と思える。「強い」と言われると「弱いところもあるってことをわかってもらえない」と思えるし、「弱い」と言われると「そんなことない！」と反論したくなる。諒太君だけではありません。私もそう。人間ってみんな、そうなんです。

（目的なき船出　62P）

つまり人間には過不足なく、あらゆる性格が備わっているんです。だから性格は変えようとしても変えられるものではない。別の言い方をすると、変えようとしなくても、性格はちゃんとあるんです。

あなたにとって、ある人がとてもわがままで意地悪な性格のように感じることがあるかもしれません。でもそれは、その人が〝わがままで意地悪〟なのではないのです。いろいろある感情の中で、あなたの前ではあなたが〝わがままで意地悪〟だと感じる一面しか見せようとしていないだけなのです。

（目的なき船出　62P）

会社の規模の大小や職種に関係なく、どんな状況になっても成功する人はいます。それは、どんな環境に身を置いていても人生を自分で切り開いていこうとする人です。他者に守ってもらうのではなく、自分にできる精一杯のことをやろうとする人です。見返りとして何がもらえるかを考えて自分のすべきことを決める人ではなく、報酬に関係なくそのときそのときに自分のベストを尽くして毎日を生きようとする人です。

（目的なき船出　82P）

あなたの就職先が大企業であれ、小さな企業であれ、大切なのは自分の人生は自分でつくっていくという強さを常に持ち続けることです。いや、むしろ大きな企業であればあるほど、その意識が薄れやすいのでしかいと心に留めておくべきです。

『天は自ら助くる者を助く』
いつの世でも同じです。

(目的なき船出　83P)

成功の人生を送る人にとっては、起こる出来事にラッキーとアンラッキーの区別はありません。どんな出来事も自らを成長させる糧に変えて、たとえどれほど不運に見舞われたとしても、その経験がなければ手に入れることができないような成功を実現しようとします。そして普通の人が、ついてない出来事や失敗として片づけてしまうことを、自らの成功のために必要不可欠な〝材料〟にまで昇華してしまうのです。

（挫折、そして成長　１０４Ｐ）

今のあなたは、成功の人生を送る上でどうしても必要な経験を集めているだけなんです。人間は乗り越えた逆境の数だけ強くなれます。その数が多ければ多いほど、どんな状況にも負けない強い人になれるんです。だから人生の成功者になるというのは逆境をたくさん乗り越えるということと同義でもあります。

(挫折、そして成長　106P)

目の前に現れる壁は、一見あなたにとって必要なさそうなものに見えても、自分が進もうとする人生にどうしても必要だから現れるのです。

（もっと高いところへ　169P）

素晴らしい人生を送るために必要なこと。
それは――
『今、目の前にあるものに全力を注いで生きる』こと。

（もっと高いところへ　175P）

056

人生の目標を持ったときから、
あなたの人生が始まる。
目標をしっかりと持てば、
〝今日を生きる〟という確固たる生き方ができる。

（もっと高いところへ　178P）

人生という大海原に漕ぎ出すときに、
その船が誰のものであるか、自分が船長か船員か、
船は大きいか小さいかなんて、
実はどうでもいい。
大事なのは、
その船が何を目的として航海をするか、だ。

（もっと高いところへ　177P）

読書案内③

『手紙屋』

就職活動に出遅れ、将来に思い悩む、大学４年生の「僕」はある日、書斎カフェで奇妙な広告とめぐりあう。その名も『手紙屋』。１０通の手紙をやりとりすることであらゆる夢を叶えてくれるというのだが……。はたして、謎の「手紙屋」の正体は？

手紙屋　蛍雪篇

あらゆる道具は、間違った使い方をすると、必ず同じ結果を引き起こすんです。そう、「人を傷つける」ことになるのです。

こう考えると、道具そのものに「善・悪」があるのではなく、それを使う人次第なんだってことがわかると思います。

勉強も一つの道具です。


（迷い　62P）

勉強という道具は、自分をピカピカに磨いて、昨日とは違う自分になるためにある。

（迷い　78P）

心の成長なくして、その結果を手にすることはできません。

（迷い　80P）

朽ち木の存在する意味を見つけるのは難しいかもしれない。でも、それを使って額をつくれば、一つの意味が生まれます。部屋を飾るものとして存在しているといえるようになるわけです。

（衝撃　103P）

自らを磨いて、何かの役に立てたときにはじめて、人生に意味が生まれたと自覚できます。はじめから意味がわかるから、それに向かって生きていくのではありません。

（衝撃　104P）

自分の人生に意味があることを自覚したければ、自分で磨いて、形を変えて意味を持たせるしかないのです。

（衝撃　104P）

自分の存在理由は、いくつでもつくることができるのです。

（衝撃　107P）

大切なのは、どんなに小さな役割でもいいから、磨きはじめたらちゃんとそれを完成させること。何でもいいから一つ、

「自分は○○の役に立っている」

と心から思えるものをつくることなんです。


（衝撃　107P）

迷ってはいけません。一度つくると決めたら、それでよかったかどうかは問題ではありません。まずは完成させてしまうことが大切なのです。そして、一つの意味を手に入れたあとで、また別の何かを手に入れていけばいいのです。

（衝撃　108P）

自分が生きる意味は、自分でつくっていけるものです。生まれながらに与えられている生きる意味を探そうと思っても、答えは見つかりません。待っていると自然に見つかるようなものでもありません。

（衝撃　108P）

私たち人間は、一人ひとりがかけがえのない尊い存在だといわれます。それは、自分を磨くことによって、どんなに大きな意味をも自分の人生に与えることができるという、希望のかたまりであるということです。

（衝撃　108P）

あなたの中にも強い意志力はちゃんとある。それを使っていないだけなんです。

（衝撃 122P）

あらゆる場面で人に対する興味をもっていくというのは、私たちが生きていく上で本当に大切なことです。私たちは、人と関わらなければ生きていけない存在なのですから。

（衝撃　カラーページより）

楽しむための道具として勉強する。

（衝撃　129P）

074

成功するために必要なものは、方法ではなく行動である。

（衝撃　142P）

まずは自分を磨くための場所に座り、それを始めよう。それ以外のやりたいことはそのあとだ。

（変化　167P）

何をやるかだけでなく、それを使ってどのように自分を磨くかまでを考える。

（変化　179P）

『勉強』は、人の役に立つ使い方をしてはじめて『できる』って言うんだぞ。

（希望　224P）

読書案内 ④

『手紙屋　蛍雪編』

主人公「和花」は、部活と友だち付き合いに明け暮れる高校2年生。
夏休みを目前にしたある日、進路のことで父親と衝突してしまう。
大学に行きたいけれど、成績が足りない。
勉強しなきゃと思うけど、やる気になれない……。
そんな和花が「手紙屋」とのやりとりを通じて、勉強の本当の意味や面白さ、
夢を実現するために本当に必要なことを知り、変わっていく。

上京物語

幸せの基準を他人との比較によって決めようとする人は、他の人は持っているけれど自分は持っていないあるものを探し、それがないから自分は幸せではないと考える。そして、自分もそれを手に入れたら幸せになれると思い、それを追い求めるんだ。

（父からの手紙　134P）

幸せの基準は、自分自身が決めるものだ。
他人との比較の中に自分の人生をうずめて、他人の持っているものを「自分も」と買い求める人生は、たとえそれらすべてを手に入れたとしても、絶対に幸せを感じることはできないんだよ。

（父からの手紙　１３６Ｐ）

他人となんか比べなくても、
昨日の自分よりも一歩でも前進しようと努力しているとき、
人は幸せを感じるようにできているんだ。

（父からの手紙　138P）

「安定」というのは、常識の殻の中で生きている人たちが思っているように、何かを手に入れたときに得られるものではない。多額のお金を手にしたとき、ましてや特定の職業に就いたときに得られるものでもない。

自分の力で変えられるものを変えようと努力しているときにこそ手にできるものなんだ。

（父からの手紙　149P）

成功する人というのは、今この瞬間からでも、
やりたいことを始められる人なんだよ。

（父からの手紙　153P）

多くの人は、自分の持っている貴重な財産である「時間」を、すぐその場で「お金」に換えて生きている。

（父からの手紙　171P）

おまえが本当に成功を手に入れたいと考えているのなら、どんなに面倒であろうとも、頭を鍛え続けることを放棄してはいけない。それを手放してしまったときからおまえの人生は、守ってもらうために支配される側になってしまうからだ。

（父からの手紙　181P）

一生自分の好きなことをやって生きてゆく強さが欲しければ、
人間の持つ一番の武器である頭を鍛え続けなければならないんだ。

（父からの手紙　１８２Ｐ）

心というのは日々の生活の中でつくられ、変わってゆく。だから、
昨日までは弱々しく、悲観的で、後悔ばかりしていた心の持ち主であっても、どんなことをも恐れないで毎日をいきいきと生きる心に、
常に前向きなことだけを考える心に、
自分の夢に向かって、常に努力を続ける強い意志を生む心に、
いつも笑顔を絶やさない、明るい心に、
すべての人に愛を与える美しい心に変わることができるんだよ。

（父からの手紙　187P）

自分が一生をかけてやりたいと思えることは、
時間をかけて、真剣に取り組み、
工夫を重ねた経験があることの中からしか生まれてこない。

（父からの手紙　194P）

やりたいことというのは、
自分が世の中の人の役に立てると自信が持てること、
それを通じて人を幸せにできると思えるものの中にこそあるんだ。

（父からの手紙　196P）

誰よりも多くの成功を手にした人は、
誰よりもたくさん挑戦した人でしかない。
同時に、誰よりもたくさん失敗を経験してきている。

（父からの手紙　202P）

成功した人がかっこいいんじゃない。
挑戦し続ける生き方をするのがかっこいいんだ。

（父からの手紙　208P）

普通の人が失敗と呼んでいる出来事こそが、
人生に感動や感謝、新しい出会いといった、
幸せな人生を送る上で必要なものすべてを運んでくれるんだ。

（父からの手紙　２１１Ｐ）

読書案内⑤

『上京物語』

大きな希望に胸を膨らませながら人生のスタートラインに立ったのに、みんなが当たり前だと思っている常識に流されて生き、いつのまにか夢を忘れ、「こんなはずじゃなかったのに……」と後悔する。そんな多くの人が陥りがちな生き方を打ち破るには、何をすべきなのか？

スタートライン

向かい風が強いいうことは、前向いて走ってる証拠や。胸を張ってええ。

（十八歳のぼく　16P）

君らは今の自分にできることで、自分の価値を判断しちゃいかん。

将来の君らは、今の君らが想像もできんほど大きなことをやって、多くの人の幸せを左右する存在になってるはずや。

君らは、これから大きな存在になれる可能性の塊だということを忘れちゃいかん。人間はたったひとつのきっかけで信じられない変化を遂げる生き物や。

五年後の自分の可能性を舐めるなよ。


（十八歳のぼく　17P）

人間、生まれてきたからには役割がある。ぼくはそう思ってる。

（十八歳のぼく　30P）

人間は本気になれば、とてつもなく大きなことを成し遂げられる存在だ。じゃけど、ほとんどの人は『どうせ自分には無理だ』と思ってる。自分の心にブレーキをかけているのは自分自身だってことに気づいてない。

（十八歳のぼく　32P）

人間は平等だとは思わないが、チャンスは平等にある。ところが多くの人はそのチャンスを逃している。今がチャンスだということに気づいていないのではない。チャンスだと気づいているのに、変化を恐れて動けなくなるのだ。

（十八歳のわたし　１３２Ｐ）

本気で取り組んでいることの中にしか、ぼくたちは夢を見つけることはできない。だから、目の前にやってくるものすべてに対して、本気で取り組む毎日を送っている小さな子どもにはたくさんの夢がある。

（二十二歳のぼく　159P）

本気でやれば何だって面白い。そして、本気でやっているものの中にしか、夢は湧いてこない。

（二十二歳のぼく　160P）

「夢を探す」という言葉を使う人がいるが、探しても見つかりっこない。
夢というのは、自分の内側にしかないものなんだ。

（二十二歳のぼく　160P）

本気で生きる人には、必ずその夢の実現を応援する人が現れる。

(二十二歳のぼく　162P)

目の前のことに本気で生きれば、奇跡が起こる。でも、本当は、それは奇跡ではなく、あたりまえの出会いなんだ。

（二十二歳のぼく　164P）

簡単に手に入るものは、簡単に役に立たなくなる。せっかくの一度っきりの人生だ。ひとつぐらいは、誰もが無理だってあきらめるような簡単に手に入らないようなものを追い求めて生きていこうぜ、お互いに。

（二十二歳のわたし　１９５Ｐ）

その不安には、胸を張っていい。自分は挑戦してるんだって。

（二十二歳のわたし　１９６Ｐ）

読書案内⑥

『スタートライン』

将来の不安を抱えながらも、やりたいことが見つけられない高校3年生の大祐は、東京からの転校生、真苗に一瞬のうちに心を奪われる。彼女の誘いで、大きな夢を実現させている人たちの講演を聴くうちに、人生を真剣に考えるようになった大祐は、ある日、ついに真苗に告白することを決意するが……。
夢に向かって一歩を踏み出すこと、計画ではなく情熱をもって行動し続ける勇気をくれる一冊。

ライフトラベラー　人生の旅人

慣れている人ができるんじゃない。
それをしなければならない状況になれば、誰だってそれをする力は持っている。ぼくが特別なんじゃない。

（知哉と夏輝　12P）

旅先ではほとんどすべてのことが〈0〉だと思っていい。

バスに乗るのも、電車に乗るのも、コンビニみたいなところで買い物をするのも、レストランに入るのも、とにかくいま、あたりまえにやっているすべてのことが、どうしていいかわからない緊張の対象になる。

（〈0〉を〈1〉に 18P）

ところが、短い滞在期間でこの〈0〉をできるだけたくさん〈1〉にしてみなよ。はじめは時間はかかるし、失敗や恥ずかしい思いをするかもしれない。でもそこは開き直って、『初めてだから教えて』って言えば、たいていのことは、みんな助けてくれる。

（〈0〉を〈1〉に　18P）

そこで〈1〉になれば、〈1〉を〈2〉にすることは難しいことじゃない。〈2〉を〈3〉にするのはもっと簡単だし、〈3〉を〈4〉と、やっていくうちに、なんの緊張もしないあたりまえのことになっていく。

（〈0〉を〈1〉に　18P）

旅先で不自由がないように完璧な準備をしていくと、
たしかに快適かもしれない。
でも、自分のいる場所では経験できないようなことを経験する機会もなくす。だからぼくは、どうしても必要なものだけ持っていくことにしてるんだ。

〈0〉を〈1〉に 20P〉

ぼくがきみに経験してほしいのは、ほとんどすべてが〈自由〉な〈不自由な旅〉だ。そんな旅こそ、きみの人生を変えてくれる旅になる。

（どこまでも自由な不自由な旅　27P）

きみが〈想い〉を明確に持って心を開けば、
同じ想いを持つ人と出会ったときには、
決してその場だけのつき合いで終わったりはしないものさ。

（〈出会い〉という奇跡　37P）

人と人が出会っているときというのは、
じつは目に見えない〈想い〉と〈想い〉が出会っているときなのさ。
そして、同じ〈想い〉をいだく者同士が出会ったときには、
必ず、見えないところで奇跡が始まっているんだよ。

（〈出会い〉という奇跡　41P）

ぼくらの可能性は、
ぼくらの想像をはるかに超えたところにあるんだよ。
それを、自分が手に入れられると想像できる範囲でしか行動しなければ、その可能性を開花させる人生なんて送れるわけないじゃないか！

（行動の原動力　56P）

やりたいことの有無に関係なく、
いま、目の前にあることに本気で取り組むんだよ。
そうすれば自由な大人になれる。

（自由に生きる　60P）

どうせやるからにはトコトンやってやろうというスタンスが定着してくると、その時間は楽しいものになるし、その中からやりたいことが湧いてくるんだよ。

（いまを生きる　70P）

ぼくたちの可能性を引き出してくれるのも出会い。
ぼくたちに幸せを運んでくれるのも、新たな学びを与えてくれるのも、
すべて出会い。

（計算よりも情熱　73P）

これから行く先は天国でもなければ地獄でもない。ぼくらがいる場所とは違うから最初は慣れないかもしれないけど、どんな場所に行ったとしても、そこで幸せを感じて生きている人もいれば、不幸を感じて生きている人もいる、そんな場所だ。

（いちばん大切な準備　94P）

つまり旅は、行けば楽しいことが待っているわけじゃない。そんなことを期待して行ったところで、つまんない顔して過ごして、帰ってきてつまんなかったって言うのがオチさ。そうじゃなくて、起こることを楽しむと決めるんだよ。

（いちばん大切な準備　94P）

だってそうだろ。ぼくたちはみんな人生という旅の途中じゃないか。
最初はみんな〈0〉を〈1〉にすることに夢中だったろ。
それがいつの間にか、そうだな、最初の十数年で
自分のまわりにある〈0〉がなくなった時点で、
〈0〉を探すのをやめてしまっただけさ。

（日常の中の宝に気づく　104P）

おこることすべてをたのしむときめてからたびにでる。

（日常の中の宝に気づく　107P）

読書案内⑦

『ライフトラベラー』


「人生を変える旅をしたい」と言う、大学生の知哉に、親友の夏樹が提案したのは、「ほとんどすべてが〈自由〉な〈不自由な旅〉」だった。

夏樹の口を通して語られる数々の宝石のような言葉。なぜ、夏樹はそこまで、〈人生〉という旅を価値あるものにする知恵を持っているのか？

その謎が明らかになる後半には、読者の人生をも変える秘密が秘められている。

きみが来た場所

今までだってそうだったでしょ。つらいことがあったときには、絶対にいいことがある。振り子と同じ。今回はつらい方に振れたんだから、その反動で次はきっといいことがたくさんあるよ。

（振り子　73P）

自分に起こるすべての出来事に、今この時期に自分に起こらなければならない理由がある。

（受け入れよう　100P）

生き延びたお前の命は、
命を落としたこの国のすべての人の希望の光だ。
伸び伸びと生きろ。
欠点は周囲の人の才能に助けてもらえばいい。
でも、長所はお前だけのものではない。
母を助け、家族を助け、周囲の人を助けるために使いなさい。
そして、みんなで世界から愛され、
尊敬される平和な国を作っていくんだぞ。

（愛するものがいればこそ　昭和二十年七月　１０９Ｐ）

俺は、命をぶつけているか⁉

（鏡に映る自分　114P）

人間は何億という可能性の中から、たった一つの組み合わせが選ばれ、そうして生まれてくるのだという話を聞いたことがある。
それが本当ならば、お腹の中の新しい命も、何億という可能性の中から選ばれた、強運の持ち主なのだろう。

（確率　昭和四十四年　１４７Ｐ）

なあ、お互い、よくここまで命をつないでもらったよな。
本当にありがたいよな。

（大切にするから　177P）

どんなことでも、起こるがいい！
俺はそのすべての運命に負けない！

（大切にするから　177P）

君は宇宙の秩序に生かされている。

君が生きているのではない。

生かされているうちは、今日という一日を与えられたことに感謝して、今日一日使命を果たすために、全力で今を楽しめばそれでいい。それが生きるということだ。


（二つの使命　216P）

読書案内⑧

『きみが来た場所』


会社を辞め、生きる力を育てる塾を立ち上げた秀平。

家族を支えながらも経営がうまくいかず、不安な毎日を過ごしていた。

そんなある日、口に入れると「自分の先祖が体験してきたこと」が夢となってあらわれる「ルーツキャンディ」を手に入れる。

秀平は祖父たちの生き様、決意、つないできた命の奇跡を知るなかで、これから自分の子として生まれる新しい命と、塾の子供たちに伝えなければならない大切なことに気づいていく。

株式会社タイムカプセル社

新しい人生を始めよう。何度でも…………。

（冒頭文）

今のわたしは、すぐ逃げてしまうし、
嫌なことがあるとすぐ、投げ出してしまうし……、
って書いてて、なんか、十年後の自分に申し訳なくなってきた……。
反省。もっと、逃げずに受け止めないとね。
言いたいことがあったら、ちゃんと言える人にもならないと……。
ごめんなさい。今のわたしが弱いせいで、十年後のわたしに迷惑かけてるかもしれないです。
でも、でも、大人になったわたしなら、
今のわたしにできないことだって、きっとできてるよね。
逃げずに、夢をつかむ強さだって持っているよね。

（嶋明日香＠大阪・心斎橋　69P）

夢がないっていう人は、とにかく今、目の前にあることに一生懸命になってみろ。がむしゃらに打ち込んでみろ。夢を持とうとしなくてもええから、今、目の前にいる人を笑顔にしてみようって思てみろ。

（嶋明日香@大阪・心斎橋　80P）

幸せになる資格がない人なんて、この世にはいませんよ。

（森川桜＠北海道・苫小牧　155P）

何があったか知りませんが、あなたのせいではないとは言いません。でも、あなただけのせいではありません。世の中の人は誰もがみんなそうやって誰かに迷惑をかけて、誰かにつらい思いをさせて、その苦しみを抱えながらも、前に進もうとして生きているんですよ。だから、優しくなれる。

（森川桜＠北海道・苫小牧　155P）

僕たちは、あまりにも想像力がたくましすぎるので、自分が経験したことを総合して、この世に存在しないオバケを創り出してしまうのです。あんなことになっちゃうんじゃないか、こうなったらどうしよう、きっとこう思っているはずだって、起こったこともない、ほとんど起こりもしない状況を頭の中で想像しては、それを怖がることに人生を費やす。

（森川桜＠北海道・苫小牧　１６４Ｐ）

素晴らしい発明品だって、誰かが頭の中で、こういうものができるかもしれないって想像するのがスタートです。その時点では、まだ世の中に存在していません。

（森川桜＠北海道・苫小牧　１６５Ｐ）

でも、〈想像は努力によって創造に〉変わります。
いいものを生み出すべく努力するならいいですが、自分が想像したオバケを実際に創造する努力というのはどうなんでしょう？　そのために生きるなんて……もっと別のものを創造するために想像力は使うべきです。あなたはオバケなんて創り出す必要はないんです。

（森川桜＠北海道・苫小牧　１６５Ｐ）

朝起きると息をしている。生きている。生きているってことは、きっと僕にはまだ役割があるはずだって自分に言い聞かせています。それが何かはわからないけど、命を燃やしながら、世の中に新しいものを創ることができる一日があるってことです。

（芹沢将司@NY・Manhattan 200P）

底知れぬ大きさを持つ人は、底知れぬ孤独、悲しみ、苦難を経験してきている人だ。底知れぬ優しさ、許容力を持つ人は、誰よりも傷つき悩んだ人だ。

（芹沢将司＠ＮＹ・Ｍａｎｈａｔｔａｎ　２０７Ｐ）

人間には、いろんな面があります。優しい面、厳しい面、強い面もあれば弱い面もあり、明るい一面もあるし暗い一面もある。みんな一人ひとりが複雑なんです。その中で、どの一面を出すかというのは、状況によって、相手によって、変わってくるわけです。

(芹沢将司@NY・Manhattan 227P)

世間からの風当たりが強いと感じたときに、怖くなって、萎縮してしまって、縮こまって、どこかに隠れたくなるのは、人間だから当然だと思う。

（芹沢将司＠NY・Manhattan　227P）

だけど、向かい風が強ければ強いほど、翼を広げれば空に飛び立てるんだ。だから勇気をもって翼を広げてみなよ。怖がることはない。経験したことがないほど強い向かい風は、今いる場所から一気に飛べって合図だよ。ふわって浮いて、高く高く飛べって合図だ。

（芹沢将司＠ＮＹ・Ｍａｎｈａｔｔａｎ　２２９Ｐ）

読書案内⑨

『株式会社タイムカプセル社』


物語の中で、5人の登場人物は、十年前の自分が未来の自分に宛てて書いた手紙を読むことを通して、自分が素直な気持ちで実現したかった夢、抱いていた希望に気づかされていく。

人生は、いつでも、何度でも、どこからでも、やり直せる。

日々の生活の中で忘れてしまっていた、自分が抱いていた夢や希望を思い出せる一冊。

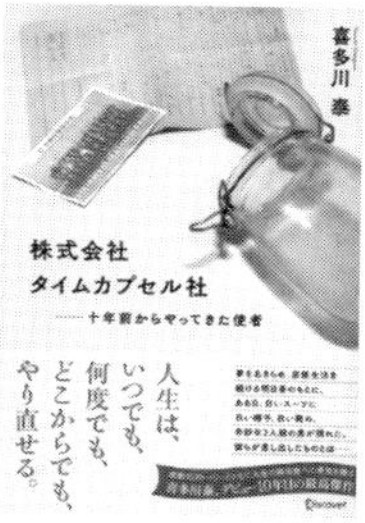

きみを自由にする言葉
喜多川泰名言集

発行日　2017年11月10日　第1刷

Author　喜多川　泰

Book Designer　平林奈緒美 + 星野久美子 (PLUG-IN GRAPHIC)

Publication　株式会社ディスカヴァー・トゥエンティワン
〒102-0093　東京都千代田区平河町2-16-1平河町森タワー11F
TEL　03-3237-8321（代表）
FAX　03-3237-8323
http://www.d21.co.jp

Publisher　干場弓子
Editor　塔下太朗

Marketing Group Staff　小田孝文　井筒浩　千葉潤子　飯田智樹　佐藤昌幸　谷口奈緒美　古矢薫　蛯原昇　安永智洋　鍋田匠伴　榊原僚　佐竹祐哉　廣内悠理　梅本翔太　田中姫菜　橋本莉奈　川島理　庄司知世　谷中卓　小田木もも

Productive Group Staff　藤田浩芳　千葉正幸　原典宏　林秀樹　三谷祐一　大山聡子　大竹朝子　堀部直人　林拓馬　松石悠　木下智尋　渡辺基志

E-Business Group Staff　松原史与志　中澤泰宏　中村郁子　伊東佑真　牧野類

Global & Public Relations Group Staff　郭迪　田中亜紀　杉田彰子　倉田華　鄧佩妍　李瑋玲

Operations & Accounting Group Staff　山中麻吏　吉澤道子　小関勝則　西川なつか　奥田千晶　池田望　福永友紀

Assistant Staff　俵敬子　町田加奈子　丸山香織　小林里美　井澤徳子　藤井多穂子　藤井かおり　葛目美枝子　伊藤香　常徳すみ　鈴木洋子　内山典子　石橋佐知子　伊藤由美　押切芽生　小川弘代　越野志絵良　林玉緒

Proofreader　株式会社鷗来堂
DTP　アーティザンカンパニー株式会社
Printing　株式会社厚徳社

ISBN978-4-7993-2175-1